續修臺灣府志卷之四

欽命巡視臺灣朝議大夫戶科給事中紀錄三次六十七　同修
欽命巡視臺灣朝議大夫雲南道監察御史加一級紀錄三次范　咸
分巡臺灣道兼提督學政覺羅四明
臺灣府知府余文儀　續修

賦役一　土田　租賦

禹貢三壤周官九賦凡以生民攸繫而國儲出焉臺屬闢之海東郡昔患土滿今患人滿地不加闢賦不加增所入恒至不敷軍需歲糜帑金十數萬取之內郡此臺民生計無日不上廑
宸慮也夫納總納秸不責於要荒而一易再易酌輕於磽瘠古法尚矣我
皇上仁恩優渥加意懷柔履畝區方爰照輕則以定章程更嚴經界以禦強暴雜稅既酌其平養廉獨處其厚海外臣民胥安衽席抑何幸歟志賦役

土田

臺地田園十分曰一甲每甲東西南北四至各二十五戈每戈長一丈二尺五寸其址段之方圓曲直寬狹不等則計尺寸折算雍正九年定凡七年以後新墾田園按照同安下沙則例化甲為畝每甲折內地弓步計一十一畝

臺灣府舊額田園實在共壹萬捌千肆百伍拾叁甲捌分陸釐零

田柒千伍百叁拾肆甲伍分柒釐零　内上則貳千陸百柒拾捌甲捌分零
中則壹千玖百零壹甲玖分玖釐伍毫零
下則貳千玖百伍拾叁甲柒分柒釐零

園壹萬零玖百壹拾玖甲貳分捌釐零內上則貳千伍百陸拾伍甲肆分零　中則叁千叁百肆拾柒甲貳分玖釐零　下則伍千零陸甲伍分玖釐零

國朝康熙二十四年起至雍正十三年止增墾田園共叁萬肆千肆百零捌甲陸分壹釐零

連前通府合計舊額新墾田園共伍萬貳千捌百陸拾貳甲肆分柒釐零

田壹萬肆千柒百柒拾肆甲零壹釐零上則貳千玖百伍拾貳甲捌分捌釐　中則貳千貳百玖拾捌甲玖分肆釐零　下則玖千伍百貳拾貳甲壹分玖釐零

園叁萬捌千零捌拾捌甲肆分伍釐零上則叁千壹百肆拾壹甲分叁釐零　中則肆千零柒拾貳甲肆分陸釐　下則貳萬零捌百柒拾肆甲捌分陸釐零

乾隆五年起至九年止增墾田園貳千捌百伍拾甲零壹分捌釐叁毫零

田捌百肆拾甲玖分肆釐陸毫零下則

園貳千零玖甲貳分叁釐柒毫零下則

康熙三十七年豁免水災地陷田園壹百陸拾甲肆分貳釐零

田中則玖分　下則壹甲

園上則貳甲肆分貳釐零　中則壹拾陸甲捌分　下則壹百叁拾柒甲叁分

康熙六十一年禁草生番地界新墾下則園貳拾壹甲

雍正五年豁免水沖沙壓田園叁百貳拾貳甲柒分柒釐零

田上則肆拾壹甲陸分玖釐零　中則壹拾玖甲壹分叁釐零　下則壹百零玖甲陸分玖釐零

園上則貳拾柒甲零壹釐零　中則叁拾捌甲陸分陸釐零　下則捌拾陸甲伍分伍釐肆毫零

雍正八年豁免水冲圮陷田園伍拾伍甲叁分玖釐零

田上則肆分叁釐　中則壹甲陸分壹釐零　下則貳拾壹甲伍分叁釐零

園上則壹甲捌分陸釐零　中則貳甲叁釐零　下則貳拾柒甲玖分叁

乾隆二年豁免水冲沙壓田園壹千柒百捌拾伍甲肆分柒釐零

田上則壹拾肆甲伍分叁釐零　中則貳拾伍甲貳分陸釐零　下則肆百陸拾貳甲零叁釐零

園上則柒甲陸分　中則壹拾壹甲捌分　下則壹千貳百陸拾肆甲貳分叁釐零

乾隆九年豁免圮陷田園貳百捌拾玖甲陸分壹釐零

田肆拾貳甲壹分壹釐零上則捌甲零柒釐　中則壹拾伍甲柒分叁釐　下則壹拾捌甲陸分壹釐零

園貳百肆拾柒甲貳分零上則伍甲叁分壹釐　中則壹拾[illegible]甲肆分貳釐零　下則貳百貳拾叁甲肆分陸釐零

通府合計實在田園共伍萬叁千壹百捌拾肆甲玖分陸釐零

田壹萬肆千捌百柒拾肆甲捌分壹釐零上則貳千捌百捌拾捌甲壹分肆釐柒毫　中則貳千貳百叁拾陸甲貳分玖釐柒毫　下則玖千柒百伍拾甲零貳分伍釐柒毫

園叁萬捌千叁百壹拾甲零壹分伍釐零上則叁千壹百零貳甲陸分壹釐伍毫捌絲肆忽玖微　中則四千零叁甲壹分伍釐肆毫貳絲陸忽貳微　下則叁萬壹千貳百叁拾肆甲叁分捌釐

又澎湖地種叁百捌拾石零壹斗零叁合零

按以上乾隆十年舊志攷臺灣府舊額田園共壹萬捌千肆百伍拾肆甲貳分陸釐零遞年增墾至雍正陸年

田叄拾柒甲零叄釐零內中則叄甲零捌釐零則叄拾[illegible]玖分伍釐零

園貳百玖拾伍甲零壹釐零內上則叄甲柒分貳釐零中則叄拾陸甲肆分捌釐下則貳百伍拾肆甲捌分壹釐零

康熙二十八年新墾田園共玖拾陸甲玖分叄釐零

田貳拾陸甲玖分肆釐零內上則[illegible]分伍釐中則貳甲肆分下則貳拾肆甲叄分玖釐零

園陸拾玖甲玖分玖釐零內中則壹拾叄甲伍分伍釐零下則伍拾陸甲肆分叄釐零

康熙二十九年新墾田園共貳百壹拾壹甲捌分叄釐零

田壹拾貳甲貳分捌釐零內中則陸分叄釐零下則壹拾壹甲陸分伍釐零

園壹百玖拾玖甲伍分伍釐零內上則柒分中則拾陸甲伍分柒釐零下則壹百捌拾貳甲貳分柒釐零

康熙三十年新墾田園共捌拾柒甲捌分叄釐零

田伍甲陸分壹釐零內上則伍分壹釐中則捌分肆釐零下則肆甲貳分伍釐零

園捌拾貳甲貳分壹釐零內上則叄甲捌分中則壹拾甲零玖分壹釐零下則陸拾柒甲伍分零

康熙三十一年新墾田園共壹百玖拾甲壹分叄釐零

田伍甲貳分伍釐零內中則貳分肆釐零下則伍甲壹釐零

園壹百捌拾肆甲捌分柒釐零內中則肆甲肆分壹釐下則壹百捌拾甲肆分陸釐零

又各里自實新墾田園共叄百零叄甲叄分肆釐零

曰壹拾甲伍分 俱下則

園貳百玖拾貳甲捌分肆釐零 內中則貳拾伍甲捌分伍釐零 下則貳百陸拾陸甲玖分捌釐零

康熙三十二年新墾田園共貳拾陸甲叁分零

田壹甲貳分伍釐 俱下則

園貳拾伍甲零伍釐零 俱下則

康熙三十五年新墾田園共叁拾叁甲柒分壹釐

田玖甲玖分貳釐 俱下則

園貳拾叁甲柒分玖釐 俱下則

康熙三十六年新墾田園共壹百零肆甲壹分陸釐零

田捌甲玖分叁釐 俱下則

園玖拾伍甲貳分叁釐零 內中則貳分 下則玖拾伍甲　釐零

康熙三十九年新墾田園共壹拾壹甲壹分肆釐

園壹拾甲捌分肆釐 俱下則

田叁分 下則

康熙四十年新墾田園共玖甲玖分陸釐

田叁分 下則

園玖甲柒分陸釐 俱下則

康熙四十一年新墾田園共壹拾叁甲柒分

田貳分 下則

園壹拾叁甲伍分 內中則貳甲 下則壹拾壹甲伍分

康熙四十五年新墾田園共柒甲陸分

田壹甲柒分俱下則

園伍甲玖分俱下則

康熙四十六年新墾下則園叁甲伍分伍釐

康熙四十七年新墾下則園貳拾捌甲捌分零

康熙四十八年新墾下則園壹甲壹分叁釐

康熙五十一年新墾下則園壹甲伍分

雍正三年諸邑撥歸本邑管轄下則園柒甲

雍正六年新墾田園共壹百零陸甲叁分壹釐零

田壹百甲零柒分伍釐零俱下則

園伍甲伍分陸釐零俱下則

雍正七年里民報墾田園共陸拾肆甲貳分捌釐零

田叁甲捌分俱下則

園陸拾甲肆分捌釐零俱下則

雍正八年里民報墾田園共肆拾柒甲陸分叁釐零

田貳拾捌甲叁分伍釐零俱下則

園壹拾玖甲貳分捌釐零俱下則

雍正九年鳳邑撥歸本邑管轄田園共柒百捌拾肆甲柒分陸釐零

田壹百陸拾陸甲肆分捌釐零內上則伍拾叁甲捌分零中則叁拾貳甲陸分零下則捌拾甲零柒釐零

園陸百壹拾伍甲捌分叁釐零內上則陸拾甲零陸分肆釐零中則陸拾肆甲陸分叁釐零下則肆百玖拾甲零伍分伍釐零

又新墾下則園貳甲肆分肆釐零

雍正九年諸邑撥歸本邑管轄田園共壹千貳百肆拾貳甲肆分伍釐零

田貳百柒拾貳甲零柒釐零內中則貳百伍拾陸甲壹分伍釐零下則壹拾伍甲玖分貳釐零

園玖百柒拾甲叄分柒釐零內上則叄百零肆甲貳分叄釐零中則玖拾田零柒分玖釐零下則伍百陸拾肆甲伍分捌釐零

又新墾下則園捌甲柒分陸釐零

雍正十一年新墾下則田貳甲柒分伍釐零

雍正十二年續墾下則園柒甲叄分

乾隆五年陞科下則田園伍拾甲捌分零

田壹拾玖甲貳分玖釐零

園叄拾壹甲伍分壹釐零

以上自康熙二十四年起至乾隆五年止新墾并撥歸田園共肆千叄百壹拾壹甲伍分壹釐零

田壹千零陸拾柒甲伍分柒釐零內上則壹百伍拾陸甲貳分陸釐零中則肆百貳拾甲零捌分肆釐零下則肆百玖拾甲零肆分柒釐零

園叄千貳百肆拾叄甲捌分叄釐零內上則叄百玖拾肆甲壹分肆釐零中則叄百零伍甲陸分貳釐零下則貳千伍百肆拾肆甲零柒釐零

連前共計舊額新墾田園壹萬貳千捌百柒拾叄甲肆分叄釐零

田肆千玖百伍拾叄甲叄分壹釐零內上則壹千零壹拾叄甲伍分捌釐

零中則壹千貳百零捌甲肆分叁釐零下則貳千柒百叁拾壹甲叁分零

園柒千玖百貳拾甲零壹分零內上則伍百玖拾玖甲伍分玖釐零中則壹千陸百柒拾叁甲肆分伍釐零下則伍千陸百肆拾柒甲零陸釐零

雍正五年豁免水冲沙壓田園叁百貳拾貳甲柒分柒釐零

雍正八年豁免圯陷田園伍拾伍甲叁分玖釐零

雍正九年撥歸鳳邑管轄田園柒拾捌甲叁分壹釐零

乾隆二年豁免圯陷田園壹百貳拾壹甲捌分貳釐零

乾隆九年豁免圯陷田園玖拾壹甲肆分伍釐

以上共豁免并撥歸共上中下則田園陸百陸拾玖甲柒分伍釐零

田叁百零柒甲柒分玖釐零內上則陸拾叁甲零叁釐零中則伍拾貳甲捌分叁釐零下則壹百玖拾壹甲玖分貳釐零

園叁百陸拾壹甲玖分伍釐零內上則壹拾壹甲柒分玖釐零中則陸拾叁甲叁分柒釐零下則貳百伍拾陸甲柒分捌釐零

通縣合計除豁免撥歸外實在田園共壹萬貳千貳百零叁甲陸分柒釐零

田肆千陸百肆拾叁甲伍分玖釐零內上則玖百伍拾甲零伍分肆釐零中則壹千壹百伍拾伍甲伍分玖釐零下則貳千伍百叁拾柒甲肆分玖釐零

園柒千伍百伍拾捌甲壹分舊志作柒千叁百陸拾壹甲玖分零誤陸釐零內上則伍百伍拾柒甲捌分零中則壹千陸百壹拾甲柒釐零下則伍千叁百玖拾甲貳分捌釐零

乾隆拾玖年新墾下則田壹甲陸分伍釐零　下則園

伍分伍釐零

乾隆二十年新墾下則田壹甲伍分陸釐零　下則園

壹拾貳甲壹分柒釐零

以上乾隆十九二十兩年新墾田園共壹拾伍甲玖分

釐零內田叄甲貳分壹釐零俱下則園壹拾貳甲柒分貳釐零俱下則

連前共計舊額新墾田園壹萬貳千貳百貳拾壹甲柒

分壹釐零內

田肆千陸百伍拾甲捌分貳釐零內上則玖百伍拾甲伍分肆釐零　中則壹千壹百伍拾伍甲伍分玖釐零　下則貳千伍百肆拾肆甲陸分捌釐零

園柒千伍百柒拾甲捌分捌釐零內上則伍百伍拾柒甲捌分零　中則壹千陸百壹拾甲柒釐零下則伍千肆百零叄甲

乾隆十八年豁免崩陷田園貳千貳拾柒甲肆分壹釐

田壹百伍拾柒甲伍分叄釐內上則陸拾伍甲叄分玖釐陸毫　中則肆拾伍甲壹分肆釐肆毫　下則肆拾陸甲玖分玖釐

園陸拾玖甲捌分捌釐內上則壹拾玖甲捌分伍釐中則壹拾肆甲捌分玖釐　下則貳拾玖甲伍分肆釐又新墾下則陸甲

通縣合計除陞豁外實在田園壹萬壹千玖百玖拾肆

甲叄分零內

田肆千肆百玖拾叄甲貳分玖釐零內上則捌百捌拾伍甲壹分肆釐肆毫零　中則壹千壹百壹拾甲肆分肆釐陸毫零　下則貳千肆百玖拾柒甲陸分玖釐零

園柒千伍百零壹甲零內上則伍百叄拾捌甲叄分伍釐零　中則壹千伍百玖拾伍甲壹分捌釐零　下則伍千叄百陸拾柒甲肆分陸釐零

舊有澎湖地種壹百伍拾玖石叁斗伍升柒合捌勺

雍正五年撥歸澎湖通判管轄

鳳山縣　舊額田園實在共伍千零肆拾捌甲陸分零

田貳千陸百柒拾捌甲肆分玖釐零　内上則壹千捌百零肆甲叁分捌釐零　中則壹百捌拾柒甲貳分貳釐零　下則陸百捌拾陸甲捌分捌釐零

園貳千叁百陸拾玖甲柒分壹釐零　内上則柒百叁拾捌甲伍分壹釐零　中則貳百貳拾玖甲貳分壹釐零　下則壹千肆百零壹甲玖分捌釐零

國朝康熙二十四年新墾田園共伍百貳拾伍甲伍分陸釐零

田貳百陸拾陸甲伍分陸釐零　内上則捌拾叁甲玖分柒釐　中則玖拾甲零伍分貳釐　下則玖拾貳甲零柒釐零

園貳百伍拾玖甲零　内上則玖拾壹甲壹分陸釐　中則柒拾陸甲伍分　下則玖拾壹甲叁分肆釐零

康熙二十五年新墾田園共壹百柒拾甲捌分玖釐零

田叁拾玖甲陸分　内上則玖甲貳分　中則柒甲叁分　下則貳拾叁甲壹分

園壹百叁拾壹甲貳分玖釐零　内上則肆拾甲零玖分壹釐　中則貳拾玖甲貳分　下則陸拾壹甲壹分捌釐零

康熙二十七年新墾田園共壹百捌拾陸甲捌分捌釐零

田捌拾伍甲零陸釐柒毫零　内上則壹拾叁甲　中則叁拾捌甲陸分　下則叁拾叁甲肆分陸釐柒毫零

園壹百零壹甲捌分壹釐零　内上則伍甲　中則壹拾陸甲　下則捌拾甲零捌

分壹釐零

康熙二十八年新墾田園共貳百柒拾柒甲捌分貳釐零

田叁拾叁甲玖分伍釐俱下則

園貳百肆拾叁甲捌分柒釐零內中則伍甲下則貳百叁拾捌甲捌分柒釐零

康熙二十九年新墾田園共肆百陸拾叁甲叁分叁釐

田壹百叁拾陸甲叁分俱下則

園叁百貳拾柒甲零叁釐內中則壹甲下則叁百貳拾陸甲零叁釐

康熙叁拾年新墾田園共壹百零肆甲零肆釐

田捌甲俱下則

園玖拾陸甲零肆釐俱下則

康熙三十一年新墾田園共壹百玖拾伍甲陸分伍釐

田壹拾陸甲肆分玖釐俱下則

園壹百柒拾玖甲壹分陸釐俱下則

又新墾田園共貳百伍拾甲叁分叁釐零

田陸拾貳甲柒分叁釐零俱下則

園壹百捌拾柒甲伍分玖釐零俱下則

康熙三十二年新墾田園共貳拾陸甲肆分伍釐

田肆分俱下則

園貳拾陸甲零伍釐俱下則

康熙三十三年新墾田園共肆拾壹甲貳分貳釐

田柒甲肆分貳釐俱下則

園叁拾叁甲捌分俱下則

康熙三十四年新墾田園共壹百壹拾甲玖分叁釐零

田伍甲貳分俱下則

園壹百零伍甲柒分叁釐零俱下則

康熙三十五年新墾田園共貳百捌拾伍甲捌分柒釐零

田貳拾叁甲陸分伍釐俱下則

園貳百陸拾貳甲貳分貳釐零俱下則

康熙三十六年新墾田園共壹百伍拾貳甲伍分

田柒拾玖甲貳分俱下則

園柒拾肆甲叁分零俱下則

康熙三十七年新墾田園共壹百貳拾陸甲壹分玖釐

田柒分叁釐下則

園壹百貳拾伍甲肆分陸釐俱下則

康熙三十八年新墾田園共肆百壹拾貳甲壹分壹釐零

田壹拾玖甲捌分貳釐零俱下則

園叁百玖拾貳甲貳分捌釐零俱下則

康熙三十九年新墾田園共貳百柒拾甲肆分玖釐零

田貳甲陸分肆釐俱下則

園貳百陸拾柒甲捌分伍釐零俱下則

康熙四十年新墾下則園陸拾甲零伍分貳釐

康熙四十一年新墾下則園壹拾貳甲叁分

康熙四十三年新墾下則園陸甲伍分

康熙六十一年新墾下則園壹拾肆甲捌分捌釐

又新墾下則園柒拾陸甲肆分

雍正元年新墾下則旱園陸甲捌分零

雍正五年新墾下則旱園貳拾叁甲壹分陸釐零

雍正六年新墾田園玖百玖拾陸甲壹分肆釐零

田陸甲捌分肆釐零俱下則

園玖百捌拾玖甲叁分零俱下則

雍正七年新墾田園共貳百柒甲陸分伍釐零

田肆甲零叁釐零俱中則

園貳百叁甲陸分壹釐零俱下則

雍正八年新墾田園共壹千伍百肆拾陸甲伍分捌釐零

田貳百貳拾肆甲伍分肆釐零俱下則

園壹千叁百貳拾貳甲肆釐零俱下則

又新墾下則園叁拾甲柒分陸釐零

又新墾下則園壹拾肆甲陸分

又新墾下則園叁拾壹甲叁分貳釐

雍正九年臺灣縣撥歸鳳邑新舊墾田園柒拾捌甲叁分壹釐零

田貳拾叁甲叁分壹釐零內中則叁甲陸分陸釐零、下則壹拾玖甲陸分肆釐零

園肆拾叁甲柒分玖釐零俱下則

新墾下則園壹拾壹甲貳分

雍正十年新墾下則園叁甲叁分

雍正十二年新墾田園叁拾甲叁分柒釐

田壹拾叁甲伍分俱下則

園壹拾陸甲捌分柒釐俱下則

以上自康熙二十四年起至雍正十二年止新墾并收

臺邑田園共陸千柒百肆拾甲玖分壹釐零

田共壹千陸拾甲零上則壹百陸甲壹分柒釐 中則壹百肆拾肆甲壹分貳釐零 下則八百九甲柒分壹釐零

園共伍千陸百捌拾甲玖分壹釐零上則壹百叁拾柒甲柒釐 中則壹百貳拾柒甲柒分 下則伍千肆百壹拾陸甲壹分肆釐零

連前通計共田園壹萬壹千柒百捌拾玖甲伍分貳釐零

雍正九年撥歸臺灣縣舊額新墾田園柒百捌拾肆甲柒分陸釐零

舊額上則田伍拾叁甲捌分零 中則田叁拾貳甲陸分零 下則田捌拾甲柒釐零 上則園陸拾甲陸分肆釐零 中則園陸拾肆甲陸分叁釐零 下則園肆百玖拾甲伍分伍釐零

新墾下則園貳甲肆分肆釐零

乾隆三年豁免崩陷田園陸拾甲肆分柒釐零上則田壹甲柒分 中則田壹甲叁分 下則田貳甲肆分伍釐 中則園柒分 下則園伍拾肆甲叁分貳釐零

乾隆五年新墾下則田伍甲陸分

乾隆九年新墾下則園壹拾甲零肆分貳釐

通縣合計實在田園共壹萬零玖百陸拾甲零肆分零

田叁千伍百柒拾貳甲壹分陸釐零內上則壹千捌百伍拾伍甲伍釐零中則貳百玖拾柒甲肆分肆釐零下則壹千肆百壹拾玖甲陸分陸釐零

園柒千叁百捌拾捌甲壹分叁釐零上則捌百壹拾伍甲叁分貳釐零中則貳百玖拾壹甲伍分柒釐零下則陸千貳百捌拾壹甲貳分貳釐零

乾隆十四年新墾下則園壹甲壹分叁釐零

乾隆十五年新墾下則田伍拾捌甲陸釐零

乾隆十七年新墾下則田壹甲柒毫

乾隆二十年新墾下則園壹拾甲伍分叁釐零

乾隆二十年新墾下則田園叁拾叁甲壹分陸釐零內

田叁拾甲陸釐零俱下則

園叁甲壹分零俱下則

乾隆二十三年新墾下則田柒畝貳分零

乾隆二十四年新墾下則田園壹百貳拾伍頃零壹畝玖分零內

田肆拾伍頃柒拾叁畝壹分零俱下則

園柒拾玖頃貳拾捌畝捌分零俱下則

以上乾隆十四年起至二十四年止新墾田園共壹百零叁甲捌分捌釐又壹萬貳千伍百零玖畝壹分

乾隆十八年豁免崩陷田園玖拾玖甲伍釐零

乾隆二十四年豁免崩陷園玖甲柒分捌釐零

通縣合計實在田園共壹萬玖百伍拾伍甲肆分伍釐又壹百貳拾玖頃柒拾捌畝壹分零內

田共叁千陸百肆拾玖甲壹分柒釐零又肆拾伍頃捌拾畝叁分零

園共柒千叁百伍甲貳分玖釐零又柒拾玖頃貳拾捌畝捌分零

諸羅縣　舊額田園[illegible]千捌百肆拾叁甲捌分貳釐零

田玖百柒拾甲肆分叁釐零內上則壹拾柒甲貳分零中則玖百貳拾柒甲壹分柒釐零下則貳拾陸甲伍釐零

園叁千捌百柒拾叁甲叁分捌釐零內上則壹千陸百貳拾壹甲伍分貳釐零中則壹千柒百伍拾甲貳分肆釐零下則伍百零壹甲陸分壹釐零

國朝康熙二十四年新墾田園共壹千陸百貳拾肆甲肆分叁釐零

田貳百甲陸分零內上則陸拾伍甲叁分肆釐零中則柒拾叁甲伍分陸釐下則陸拾壹甲柒分零

園壹千肆百貳拾甲零捌分貳釐零內上則叁百柒拾甲零陸分柒釐中則叁百零肆甲叁分捌釐零下則柒百肆拾伍甲柒分陸釐零

康熙二十五年新墾田園共貳百玖拾叁甲玖分柒釐

田貳拾甲肆分捌釐內中則壹拾貳甲零壹釐下則捌甲肆分柒釐

園貳百柒拾叁甲肆分玖釐內上則貳拾壹甲捌分叁釐中則陸拾貳甲壹分叁釐下則壹百捌拾玖甲伍分叁釐

康熙二十七年新墾田園共貳百伍拾柒甲叁分玖釐零

田肆拾玖甲捌分柒釐零內中則肆甲捌分肆釐零下則肆拾伍甲零叁釐

園貳百零柒甲伍分貳釐零內上則壹拾甲貳分中則陸甲壹分伍釐下則壹百玖拾壹甲壹分柒釐零

康熙二十八年新墾田園共叁百壹拾壹甲陸分玖釐零

田陸拾玖甲肆分內中則貳拾陸甲下則肆拾叁甲肆分

園貳百肆拾貳甲貳分玖釐零內中則玖甲陸分零下則貳百叁拾貳甲陸分捌釐零

康熙二十九年新墾田園共貳百玖拾叁甲玖分肆釐

田玖甲貳分內中則陸甲貳分下則叁甲

園貳百捌拾肆甲柒分肆釐內上則壹甲貳分中則壹拾壹甲下則貳百柒拾叁甲陸分肆釐

康熙三十年新墾田園共壹百玖拾陸甲陸分捌釐零

田叁甲壹分捌釐內中則壹甲捌分下則壹甲叁分捌釐

園壹百玖拾叁甲伍分零內上則貳甲伍分中則伍甲伍分下則壹百捌拾伍甲伍分零

康熙三十一年新墾田園共肆百壹拾陸甲柒分伍釐零

田肆甲捌分俱下則

園肆百壹拾壹甲玖分伍釐零內上則壹甲中則伍甲伍分下則肆百零

伍甲肆分伍釐零

各里新墾園伍百貳拾伍甲伍分玖釐零

康熙三十二年新墾園壹百肆甲陸分捌釐零俱下則

康熙三十三年新墾園壹拾壹甲陸分叁釐俱下則

康熙三十四年新墾田園共壹拾伍甲柒分伍釐

田壹甲陸分俱下則

園壹拾肆甲壹分伍釐俱下則

康熙三十五年新墾田園共壹百壹拾陸甲伍分貳釐

田伍甲叁分俱下則

園壹百壹拾壹甲貳分貳釐俱下則

康熙三十六年新墾下則園壹百捌拾叁甲玖分壹釐

康熙三十七年新墾下則園壹百捌拾柒甲

康熙三十八年新墾田園共叁百貳拾伍甲伍分零

田伍分肆釐俱下則

園叁百貳拾肆甲玖分陸釐零俱下則

康熙三十九年新墾田園共肆百壹拾捌甲肆分伍釐零

田貳分伍釐下則

園肆百壹拾捌甲貳分零俱下則

康熙四十年新墾園叁百叁拾壹甲伍分玖釐內上則貳甲中則叁甲下則叁百貳拾陸甲伍分玖釐

康熙四十一年新墾園柒拾陸甲伍分伍釐內中則肆拾甲下

則叁拾陸甲伍分伍釐

康熙四十二年新墾下則園貳拾貳甲玖分伍釐

康熙四十三年新墾下則園壹拾叁甲伍分肆釐

康熙四十四年新墾下則園肆拾壹甲伍分

康熙四十五年新墾下則園肆拾玖甲捌分伍釐

康熙四十六年新墾下則園肆拾玖甲肆分貳釐

康熙四十七年新墾下則園叁拾貳甲玖分

康熙四十八年新墾下則園伍拾捌甲伍分

康熙四十九年新墾下則園壹拾玖甲柒分貳釐

康熙五十一年新墾下則園壹拾玖甲叁分

康熙五十二年新墾下則園玖拾叁甲壹分玖釐零

康熙五十三年新墾田園共叁拾壹甲叁分

田叁甲伍分俱下則

園貳拾柒甲捌分俱下則

康熙五十四年新墾下則園壹拾貳甲伍分

康熙五十五年新墾下則園壹百零貳甲陸分貳釐

康熙五十六年新墾田園共壹百貳拾玖甲貳分叁釐

田肆拾貳甲玖分俱下則

園捌拾陸甲叁分叁釐俱下則

康熙五十七年新墾下則園肆甲伍分伍釐

康熙五十八年新墾下則園貳拾捌甲肆分

雍正元年新墾下則園貳拾甲

雍正二年新墾田園共壹百伍拾陸甲肆分壹釐零

田陸拾貳甲零捌釐零俱下則

園玖拾肆甲叁分貳釐零俱下則

雍正五年新墾下則園壹百零陸甲捌分叁釐

雍正六年新墾下則園玖百肆拾伍甲伍分陸釐零

又新墾下則園叁千壹百伍拾壹甲壹分玖釐零

又新墾下則園捌百伍拾伍甲捌分

雍正七年新墾下則田柒甲柒分

又新墾下則田伍百伍拾壹甲玖分玖釐零

雍正八年新墾下則園陸拾柒甲肆分壹釐零

雍正九年新墾下則園壹拾甲貳分

以上自康熙二十四年起至雍正九年止新墾田園共壹萬貳千貳百柒拾壹甲零伍分貳釐零

田共壹千零叁拾叁甲叁分捌釐零內上則陸拾叁甲叁分肆釐零 中則壹百貳拾肆甲肆分壹釐零 下則捌百肆拾叁甲陸分叁釐零

園共壹萬壹千貳百叁拾捌甲壹分叁釐零內上則肆百零玖甲叁分 中則肆百肆拾柒甲貳分柒釐零 下則壹萬零叁百捌拾壹甲伍分陸釐零

通縣合計舊額新墾田園共壹萬柒千壹百壹拾伍甲叁分肆釐零

田共貳千零叁甲捌分貳釐零內上則捌拾貳甲伍分伍釐零 中則壹千零伍拾壹甲伍分捌釐零 下則捌百陸拾玖甲陸分捌釐零

園共壹萬伍千壹百壹拾壹甲伍分貳釐零內上則貳千零叁拾

甲捌分貳釐零中則貳千壹百玖拾柒甲伍分貳釐零下則壹萬捌百捌拾叁甲壹分柒釐零

康熙三十七年水災崩陷田園壹百陸拾甲肆分貳釐零

田壹甲玖分內中則玖分下則壹甲

園壹百伍拾捌甲伍分貳釐零內上則貳甲肆分貳釐伍毫中則壹拾陸甲捌分下則壹百叁拾柒甲叁分

雍正二年撥歸彰化縣管轄舊額下則園壹百肆拾甲零壹分伍釐零新墾上中下則園貳百伍拾壹甲伍分肆釐零康熙六十一年禁墾生番地界下則園貳拾壹甲實撥歸園叁百柒拾甲陸分玖釐零內上則貳甲玖分柒釐中則壹拾甲伍分肆釐下則叁百伍拾柒甲壹分捌釐零

雍正三年撥歸臺邑管轄下則園柒甲

雍正九年撥歸臺邑管轄田園壹千貳百肆拾貳甲肆分伍釐零

田貳百柒拾貳甲零柒釐零內中則貳百伍拾陸甲壹分伍釐零下則壹拾伍甲玖分貳釐零

園玖百柒拾甲零叁分柒釐零內上則叁百零肆甲貳分叁釐零中則玖拾甲柒分玖釐零下則伍百陸拾陸甲伍分捌釐零

又新墾下則園捌甲柒分陸釐零

乾隆二年豁除水沖崩陷田園貳百零肆甲捌分叁釐

田玖拾甲陸分柒釐內中則壹拾壹甲貳分柒釐下則柒拾玖甲肆分

園壹百壹拾肆甲壹分陸釐俱下則

以上撥歸并豁免田園共貳千陸甲肆分零

田叁百陸拾肆甲陸分肆釐零內中則貳百陸拾捌甲叁分貳釐零 下則玖拾陸甲叁分貳釐零

園壹千陸百貳拾甲柒分伍釐零內上則叁百零玖甲陸分貳釐零 中則壹百壹拾捌甲壹分叁釐零 下則壹千壹百陸拾肆甲貳分叁釐零

新墾下則園貳拾捌甲柒分陸釐零

乾隆六年新墾下則園伍甲伍分玖釐零

乾隆九年新墾下則園壹百貳拾貳甲零叁釐零

乾隆九年豁免崩陷田園壹百玖拾捌甲壹分陸釐零

田壹甲捌分玖釐零俱下則

園壹百玖拾陸甲貳分柒釐零內中則陸甲捌分伍釐零 下則壹百捌拾玖甲肆分壹釐零

通縣合計實在田園共壹萬伍千零叁拾捌甲肆分柒釐零

田壹千陸百叁拾柒甲貳分捌釐零內上則捌拾貳甲伍分伍釐零 中則柒百捌拾叁甲貳分伍釐零 下則柒百柒拾壹甲肆分柒釐零

園壹萬叁千肆百零壹甲貳分零內上則壹千柒百貳拾壹甲壹分玖釐零 中則貳千零柒拾貳甲陸分叁釐零 下則玖千陸百零柒甲叁分捌釐零

乾隆十二年新墾田園肆拾伍甲壹分伍釐零內

田肆甲捌分伍釐零俱下則

園肆拾甲叁分俱下則

乾隆十五年新墾園玖甲貳分俱下則

乾隆十九年新墾園叁百零捌甲捌釐零俱下則

乾隆貳拾年新墾園肆拾貳甲肆分柒釐俱下則

以上自乾隆十二年起至二十年止共新墾田園肆百零肆甲玖分內田肆甲捌分伍釐園肆百甲零伍釐

連前共計舊額新墾田園壹萬伍千肆百肆拾叁甲叁分柒釐零內

田壹千陸百肆拾貳甲壹分叁釐內上則捌拾貳甲伍分伍釐零中則柒百捌拾叁甲貳分伍釐下則柒百柒拾陸甲叁分貳釐零

園壹萬叁千捌百零壹甲貳分伍釐零內上則壹千柒百貳拾壹甲壹分玖釐零中則貳千零柒拾貳甲陸分叁釐下則壹萬零柒甲肆分叁釐零

乾隆十八年豁免被水沖陷田園玖拾壹甲壹分叁釐

園伍拾玖甲壹分叁釐俱下則

田叁拾貳甲俱下則

通縣合計除陞豁外實在田園壹萬伍千叁百伍拾貳甲貳分肆釐零內

田壹千陸百壹拾甲壹分貳釐零內上則捌拾貳甲伍分伍釐零中則柒百捌拾叁甲貳分伍釐下則柒百肆拾肆甲貳分貳釐零

園壹萬叁千柒百肆拾貳甲壹分貳釐零內上則壹千柒百貳拾壹甲壹分玖釐零中則貳千柒拾貳甲陸分叁釐零下則玖千玖百肆拾捌甲叁分捌毫

彰化縣

舊額下則園壹百肆拾甲零雍正二年諸羅縣撥歸管轄

新墾上中下則園貳百伍拾壹甲伍分肆釐零雍正二年諸羅縣撥歸管轄內除康熙六十一年禁墾生番地界下則園貳拾壹甲實貳百叁拾甲伍分肆釐零

以上實撥歸舊額新墾園共叁百柒拾甲零陸分玖釐

零內上則貳甲玖分柒釐 中則壹拾甲零伍分肆釐 下則叁百伍拾柒甲壹分捌釐零

雍正六年報墾田園共壹萬零貳百捌拾叁甲叁分叁

釐零

田貳千叁百柒拾肆甲叁分壹釐零俱下則

園柒千玖百零玖甲零玖毫零俱下則

雍正七年報墾田園共貳千伍百壹拾玖甲壹分零

田壹千柒百玖拾肆甲叁分壹釐零

園柒百貳拾肆甲柒分捌釐零

雍正九年報墾田園共伍拾捌甲壹分捌釐零

田伍甲叁分貳釐零俱下則

園伍拾貳甲捌分陸釐零俱下則

雍正九年報墾田捌甲玖分柒釐零

雍正十年報墾田叁甲肆分下則

雍正十一年報墾田壹百陸拾叁甲叁分陸釐下則

雍正十二年報墾田壹百肆拾壹甲肆分伍釐下則

以上自雍正元年起至十二年止新墾田園共壹萬叁

千壹百柒拾柒甲柒分玖釐零

連前撥歸新墾田園共壹萬叁千伍百肆拾捌甲肆分

玖釐零

雍正九年大甲溪以北撥歸淡防廳管轄舊額新墾田

園共肆百捌拾伍甲肆分貳釐零

田壹百肆拾玖甲貳分玖釐俱下則

園叁百叁拾陸甲壹分叁釐零俱下則

雍正九年豁免水冲沙壓舊額新墾田園共壹千叁百玖拾捌甲叁分肆釐零

田叁百伍拾伍甲捌分陸釐零俱下則

園壹千零肆拾貳甲肆分柒釐零俱下則

乾隆五年新陞下則田叁百柒拾陸甲貳分零

乾隆七年新陞下則園貳百壹拾伍甲陸分叁釐零

乾隆八年新陞下則園壹百陸拾柒甲壹分

乾隆九年新陞下則園叁百伍拾陸甲叁分陸釐零

又新陞下則田園貳百伍拾甲零叁分零

下則田壹百伍拾叁甲伍分肆釐零

下則園玖拾陸甲柒分陸釐零

通共合計實在田園共壹萬叁千零叁拾甲零叁分壹釐零

田肆千伍百壹拾伍甲柒分貳釐零

園捌千伍百壹拾肆甲伍分玖釐零內上則貳甲玖分柒釐中則壹拾甲零伍分肆釐下則捌十伍百零壹甲零捌釐零

乾隆十五年新陞下則田伍拾甲

乾隆二十年新陞下則園叁拾甲

乾隆二十二年新陞下則田園壹千叁百陸拾甲壹釐零內

田叁百伍拾壹甲肆分柒釐零

園壹千零捌甲伍分肆釐捌毫零

乾隆二十四年新陞下則田園壹百陸拾叁甲貳分叁釐零內

田貳拾陸甲陸分肆釐零

園壹百叁拾陸甲伍分玖釐零

又新陞下則田園叁拾肆甲貳分柒釐零內

田叁拾貳甲

園貳甲貳分柒釐

又新陞下則田園貳千叁百零貳甲柒分玖釐零內

田貳千零柒拾玖甲捌釐

園貳百貳拾叁甲柒分柒毫零

又新陞下則田園捌拾伍甲玖分捌釐零內

田叁拾甲壹分貳釐

園伍拾伍甲捌分陸釐零

以上自乾隆十五年起至二十四年止共新墾田園肆千貳拾陸甲貳分捌釐零內

田貳千伍百陸拾玖甲叁分壹釐零

園壹千肆百伍拾陸甲玖分柒釐零

連前共計舊額新墾田園壹萬玖千陸拾肆甲柒分伍釐零內

田肆千貳百零陸甲伍分玖釐

園壹萬肆千捌百伍拾柒甲壹分柒釐

乾隆十三年豁免水冲沙陷下則田園柒拾玖甲肆分

柒釐零此條田園據奏銷各冊未經分晰

乾隆十八年豁免水冲沙陷下則園壹百玖拾壹甲伍

釐零

通縣合計除陞豁外實在田園壹萬捌千柒百玖拾肆

甲貳分叄釐零內

田肆千　百　拾　甲　分零內上則　甲　分零中則　甲

分零下則　百　拾　甲　分零

園壹萬肆千　百　拾　甲　分零內上則　千　百　拾　甲　分

釐零中則　千　百　拾　甲　分釐下則　千　百　拾　甲　分零

淡水廳　舊額下則園共伍拾叄甲壹分貳釐零雍正九年彰化

縣撥歸管轄

又撥歸田園肆拾玖頃壹拾柒畝零內

下則田壹拾柒頃捌拾玖畝伍分玖釐零

下則園叄拾壹頃貳拾柒畝肆分壹釐零

雍正十三年報墾下則田陸頃伍畝

乾隆五年新陞下則園叄頃陸拾畝捌分

又新陞下則田叄拾壹頃肆拾玖畝叄分

乾隆九年新陞下則園壹百零壹頃貳拾壹畝壹分內除

二十四年劃出界外田園叄頃叄拾畝今實玖拾柒頃玖拾壹畝壹分

乾隆十二年報墾下則田園壹拾伍頃貳拾肆畝陸分

內

田陸頃貳拾柒畝

園捌頃玖拾柒畝陸分

乾隆十四年報墾下則田園肆頃零柒畝叄分零內

田叄頃壹拾叄畝柒分零

園玖拾叄畝伍分零

又十四年報墾下則園貳頃叄拾肆畝叄分零

乾隆十六年報墾下則田壹拾壹頃貳拾貳畝

乾隆十八年報墾下則園肆頃零肆畝貳分零

乾隆二十二年新墾田園玖拾貳頃零貳畝壹分零內除二十四年劃出界外田園叄拾壹頃捌拾壹畝玖分今實陸拾頃貳拾畝壹分零

內

田叄頃玖拾叄畝壹分零

園伍拾陸頃貳拾柒畝零

又新陞田園柒拾捌頃玖拾叄畝捌分零內除二十四年勘詳崩陷田園貳拾柒頃壹拾玖畝肆分零今實伍拾壹頃柒拾肆畝叄分零內

田叄拾伍頃壹拾捌畝玖分零

園壹拾陸頃伍拾伍畝叄分零

乾隆二十四年新陞田園伍拾玖頃玖拾貳畝壹分零

內

田肆拾柒頃叄拾陸畝貳分零

園拾貳頃伍拾伍畝捌分零

乾隆二十六年新陞田園伍頃陸拾陸畝貳分零內

田貳頃叁拾叁畝肆分零

園叁頃叁拾貳畝捌分零

乾隆二十七年新陞田園壹百貳拾陸頃捌拾陸畝陸分零內

田壹百零柒頃捌拾壹畝陸分零

園壹拾玖頃零伍畝肆釐零

通淡水合計實在田園共伍百貳拾玖頃伍拾伍畝貳分玖釐零內

田共貳百柒拾貳頃柒拾畝壹分肆釐零

園共貳百伍拾陸頃捌拾伍畝壹分伍釐零

又另原撥歸園伍拾叁甲壹分貳釐零

澎湖廳　舊額地種壹百伍拾玖石貳斗伍升柒合零雍正十二年臺灣縣撥歸管轄

雍正六年報墾地種貳拾柒石伍斗捌升陸合零

雍正七年報墾地種壹拾壹石叁斗伍升

乾隆二年報墾地種叁拾伍石玖斗捌升

乾隆四年報墾地種壹拾肆石肆斗陸升

乾隆九年新陞地種壹百叁拾壹石肆斗陸升折畝共玖百捌拾貳畝柒分叁釐零

以上雍正六年起至乾隆九年止共新墾地種貳百貳拾石零捌斗肆升陸合零

通澎湖合計實在地種叁百捌拾石零壹斗零叁合零

租賦臺鳳諸彰四縣及淡水廳徵粟惟澎湖廳地種徵銀舊額通臺賦役規則上則田每甲徵粟八
石捌斗園每甲徵粟伍甲中則田每甲徵粟七石
肆斗園每甲徵粟肆石下則田每甲徵粟伍石伍
斗園每甲徵粟貳石肆斗乾隆九年奉
上諭臺灣七年以後陞墾田園欽奉
皇考諭旨照同安則例陞科後經部議以同安科則過
輕應將臺地新墾之田園按照臺灣舊額輸納朕念
臺民遠隔海洋應加薄賦之恩以昭優恤除從前問
墾田園照依舊額册減則外其雍正七年以後報
墾之地仍遵雍正九年奉
旨之案辦理其已照同安下則徵收者亦不必再議加
賦至嗣後墾闢田園令地方官確勘肥瘠酌量實在
科則照同安則例分别上中下定額征收俾臺民輸
納寬紓以昭朕加
惠邊方之至意

上則田照同安民米例每畝徵銀捌分伍釐叁毫肆絲
另徵秋米陞合玖抄伍撮以壹米貳穀折算

中則田照同安鹽米例每畝徵銀陞分伍釐捌毫捌絲
肆忽另徵秋米叁合捌抄柒撮以壹米貳穀折

算

下則田照同安官米例每畝徵銀伍分柒釐伍毫伍絲不徵秋米

上則園照中田鹽米例每畝徵銀陞分伍釐捌毫捌絲
肆忽另徵秋米叁合捌抄柒撮以壹米貳穀折
算

中則園照下田官米例每畝徵銀伍分柒釐伍毫伍絲不徵秋米

下則園照同安鹽米不徵鹽折例每畝徵銀伍分陞釐壹毫捌絲不徵秋米

臺灣府舊額田園實徵粟共玖萬貳千壹百貳拾柒石
玖斗捌升柒合零
國朝康熙二十四年起至雍正十三年新墾田園起科
粟捌萬零柒拾伍石玖斗陞升玖合零
乾隆五年陞科田園實徵粟壹百肆拾叁石陞斗捌升

零
又新陞田徵粟壹千壹百柒拾肆石捌斗伍升壹合零
乾隆六年新陞園徵粟玖石陸斗壹升零
乾隆七年新陞園徵粟叁百柒拾石零壹斗陸升叁合
零
乾隆八年新陞園徵粟貳百捌拾陸石捌斗肆升伍合
零
乾隆九年新陞田園徵粟貳千伍百零陸石伍斗玖升
柒合零
連前舊額共徵粟壹拾柒萬陸千陸百玖拾伍石柒斗
壹升叁合零

康熙三十七年豁免圮陷田園無徵粟肆百貳拾伍石
柒斗玖升伍合
康熙六十一年開除禁革生番地界新墾園粟伍拾石
肆斗
雍正五年豁免水冲沙壓田園無徵粟壹千陸百零玖
石叁斗玖升捌合零
雍正八年豁免圮陷田園無徵粟貳百壹拾捌石陸斗
陸升貳合零
乾隆三年豁免圮陷田園無徵粟叁千玖百貳拾肆石
叁斗陸升捌合零
乾隆九年豁免圮陷田園無徵粟玖百貳拾陸石叁斗

陸升貳合零

以上共豁免粟柒千壹百伍拾肆石玖斗捌升陸合零

通府合計實在田園共徵粟壹拾萬零伍千壹百伍拾肆石柒斗貳升柒合零

又澎湖地畝實徵銀壹百伍拾玖兩陸錢壹分

又番社實徵糯米柒石陸斗陸升陸合零原額徵糯米貳拾叁石乾隆二年豁免壹拾伍石叁斗叁升叁合零

按以上乾隆十年舊志乾隆二十六年冊載臺灣府田園除陞豁外雍正七年前原額新收田園共叁萬零陸百壹拾玖甲玖分捌釐零共徵粟壹拾貳萬陸千伍百零捌石伍斗捌升肆合零雍正七年後續墾化甲為畝田園共叁千貳百玖拾叁頃伍拾肆畝柒分叁釐零共徵粟伍萬肆千陸百陸拾壹石肆斗壹升叁合零通府合計實在共徵粟壹拾捌萬壹千壹百陸拾玖石玖斗玖升捌合零

臺灣縣　舊額田園實徵粟叁萬玖千陸百肆拾壹石伍斗伍升柒合零

國朝康熙二十四年新墾田園應於二十五年起科粟貳千柒百壹拾貳石陸斗玖升零

康熙二十五年新墾田園應於二十六年起科徵粟叁百陸拾石陸斗叁升陸合零

康熙二十七年新墾田園應於二十八年起科粟玖百捌拾伍石陸斗叁升柒合零

康熙二十八年新墾田園應於二十九年起科粟叁百肆拾貳石捌斗玖升玖合零

康熙二十九年新墾田園應於三十年起科粟伍百柒

拾陸石零肆升捌合零
康熙三十年新墾田園應於三十一年起科粟貳百伍
拾捌石捌斗壹升玖合零
康熙三十一年新墾田園應於三十二年起科粟肆百
捌拾石壹斗肆升叁合零
又報墾田園應於三十二年起科粟捌百零壹石玖斗
叁升伍合零
康熙三十二年新墾田園應於三十三年起科粟陸拾
柒石零壹合零
康熙三十五年新墾田園應於三十六年起科粟壹百
壹拾壹石陸斗伍升陸合

康熙三十六年新墾田園應於三十七年起科粟壹百
柒拾柒石玖斗玖升壹合零
康熙三十九年新墾田園應於四十年起科粟貳拾柒
石陸斗陸升陸合
康熙四十年新墾田園應於四十一年起科粟二十四
石伍斗貳升肆合
康熙四十一年新墾田園應於四十二年起科粟叁拾
陸石柒斗
康熙四十五年新墾田園應於四十六年起科粟貳拾
叁石伍斗壹升
康熙四十六年新墾田園應於四十七年起科粟捌石

伍斗貳升
康熙四十七年新墾田園應於四十八年起科粟陸拾
玖石壹斗肆升叁合零
康熙四十八年新墾田園應於四十九年起科粟貳石
柒斗壹升貳合
康熙五十一年新墾田園應於五十二年起科粟叁石
陸斗
雍正三年諸羅縣撥歸本縣管轄下則園柒甲粟壹拾
陸石捌斗
雍正六年報墾田園應於七年起科粟壹百捌拾陸石
柒斗貳升柒合零
雍正七年報墾田園應於本年起科粟壹百壹拾石伍

斗壹升壹合零
雍正八年新墾田園應於本年起科粟捌拾貳石玖斗
陸升叁合零
雍正九年鳳邑撥歸本邑管轄田園該徵粟貳千捌百
玖拾捌石肆斗陸升零
雍正九年諸邑撥歸本邑管轄田園該徵粟伍千貳百
肆拾貳石叁斗叁升肆合零
雍正十一年報墾田應於十年陞科粟肆石捌斗肆升
柒合零
雍正十二年報墾園應於十三年起科粟壹拾貳石伍

斗叄升壹合零

雍正十三年報墾田園應於乾隆九年起科粟捌拾捌石零貳升伍合零

以上自康熙二十四年起至雍正十三年止新墾并收鳳諸二縣田園起科并共徵粟壹萬伍千捌百壹拾伍石零叄升陸合零

連前通計共徵粟伍萬伍千肆百伍拾陸石伍斗玖升肆合零

雍正五年豁免圮陷田園無徵粟壹千陸百玖石叄斗玖升捌合零

雍正八年豁免圮陷田園無徵粟貳百壹拾捌石陸斗陸升貳合零

雍正九年撥歸鳳邑管轄田園該徵粟貳百伍拾玖石伍斗貳升叄合零

乾隆三年豁免圮陷田園無徵粟伍百肆拾壹石肆斗捌升叄合零

乾隆九年豁免圮陷田園無徵粟肆百叄拾叄石玖斗貳升捌合

通縣合計實在田園共徵本色粟伍萬貳千叄百玖拾柒石貳斗陸升陸合零

乾隆十九年報墾田園應於十九年起科粟叄石捌斗伍升肆合

乾隆二十年報墾田園應於二十年起科粟貳拾叁石陸斗叁升壹合

以上乾隆十九二十兩年新墾田園起科共徵粟貳拾柒石肆斗捌升伍合

連前通計共徵粟伍萬貳千肆百貳拾肆石柒斗伍升壹合

乾隆十八年豁免坍陷田園無徵粟壹千肆百零陸石零陸合零

通縣合計實在田園共徵本色粟伍萬壹千零壹拾捌石柒斗肆升伍合零

舊有澎湖地種壹百伍拾玖石貳斗伍升柒合零徵銀陸拾陸兩捌錢捌分捌釐雍正五年撥歸澎湖通判管轄

鳳山縣 舊額田園實徵粟貳萬玖千零壹拾捌石壹斗貳升貳合零

國朝康熙二十四年新墾田園應於二十五年起科粟貳千捌百玖拾陸石壹斗玖升玖合零

康熙二十五年新墾田園應於二十六年起科粟柒百叁拾石零貳斗叁升壹合零

康熙二十七年新墾田園應於二十八年起科粟捌百陸拾柒石零陸升捌合零

康熙二十八年新墾田園應於二十九年起科粟柒百捌拾石零壹升柒合零

康熙二十九年新墾田園應於三十年起科粟壹千伍

百叁拾陸石壹斗貳升貳合

康熙三十年新墾田園應於三十一年起科粟貳百柒拾肆石肆斗玖升陸合

康熙三十一年新墾田園應於三十二年起科粟伍百貳拾石陸斗柒升玖合

康熙三十二年報墾田園於本年起科粟柒百玖拾伍石貳斗捌升陸合零

又報墾田園應於三十三年起科粟陸拾肆石柒斗貳升

康熙三十三年新墾田園應於三十四年起科粟壹百貳拾壹石玖斗叁升

康熙三十四年新墾田園應於三十五年起科粟貳百捌拾貳石叁斗伍升柒合零

康熙三十五年新墾田園應於三十六年起科粟柒百伍拾玖石肆斗零玖合零

康熙三十六年新墾田園應於三十七年起科粟陸百壹拾叁石玖斗貳升零

康熙三十七年新墾田園應於三十八年起科粟叁百零伍石壹斗壹升玖合

康熙三十八年新墾田園應於三十九年起科粟壹千零伍拾石伍斗貳升捌合零

康熙三十九年新墾田園應於四十年起科粟陸百伍

拾柒石叁斗捌升零
康熙四十年新墾田園應於四十一年起科粟壹百肆
拾伍石貳斗肆升捌合
康熙四十一年新墾田園應於四十二年起科粟貳拾
玖石伍斗貳升
康熙四十三年新墾田園應於四十四年起科粟壹拾
伍石陸斗
康熙六十一年新墾田園應於六十一年起科粟叁拾
伍石柒斗壹升貳合
康熙六十一年新墾田園應於雍正元年起科粟壹百
捌拾叁石叁斗陸升
雍正元年新墾旱園應於雍正十年起科粟壹拾陸石
叁斗貳升壹合零
雍正五年新墾田園應於乾隆元年起科粟叁拾玖石
柒斗柒升貳合零
雍正六年新墾田園應於雍正七年起科粟壹千柒百
壹拾石貳斗柒升伍合零
雍正七年報墾田園應於雍正七年起科粟叁百伍拾
柒石玖斗叁升壹合零
雍正八年新墾田園應於雍正九年起科粟貳千陸百
陸拾肆石貳斗捌升零
又報墾田園應於雍正八年起科粟伍拾貳石捌斗壹

升伍合零
又新墾田園應於雍正八年起科粟貳拾伍石陸升貳
合零
雍正九年臺灣縣撥歸新舊田園徵粟貳百伍拾玖石
伍斗叁升叁合零
雍正十年陞科園於雍正八年起科粟伍拾叁石柒斗
陸升肆合零
又新墾園於本年起科粟伍石陸斗陸升肆合零
雍正十二年報墾田園應於十三年起科粟伍拾貳石
陸斗玖升捌合零
乾隆五年陞科田應徵粟玖石捌斗肆升柒合零

乾隆九年陞科園應徵粟壹拾柒石捌斗捌升柒合零
以上自康熙二十四年起至乾隆九年止新墾報陞及
收臺邑撥歸田園起科徵粟共壹萬柒千玖百叁拾石
零柒斗陸升壹合零
連前通計共徵粟肆萬陸千玖百肆拾捌石捌斗捌升
伍合零
雍正九年撥歸臺灣縣新舊墾田園減徵粟貳千捌百
玖拾捌石肆斗陸升零
乾隆二年豁免圮昭田園減徵粟壹百柒拾壹石貳斗
肆升貳合零
通縣合計實在田園共徵本色粟肆萬叁千捌百柒拾

玖石壹斗捌升叁合零

乾隆十四年報墾下則園應於十四年起科粟壹石玖斗叁升玖合柒勺零

乾隆十五年報墾下則田應於十五年起科粟壹百零貳石壹斗壹升叁合柒勺零

乾隆十七年報墾下則園應於十七年起科粟壹石柒斗貳升捌合零

乾隆二十年報墾下則園應於二十一年起科粟壹拾捌石捌升壹合零

乾隆二十年報墾下則田園應於二十一年起科粟伍拾捌石壹斗捌升肆合零

乾隆二十三年報墾下則田應於二十三年起科粟叁拾壹石伍斗叁升玖合零

乾隆二十四年報墾下則田園應於二十四年起科粟壹千玖百陸拾捌石肆斗叁合肆勺零

以上乾隆十四年起至二十四年止新墾田園起科共徵粟貳千壹百捌拾壹石玖斗捌升玖合肆勺零

連前通計共徵粟肆萬陸千陸拾壹石壹斗柒升貳合肆勺零

乾隆二十四年豁免圮陷田園無徵粟貳拾叁石肆斗柒升陸合叁勺零

乾隆十八年豁免崩陷田園無徵粟貳百叁拾捌石壹

斗柒升陸合壹勺零

通縣合計實在田園共徵本色粟肆萬伍千捌百肆拾伍石貳斗貳升伍合零

諸羅縣　舊額田園共徵粟貳萬叁千肆百陸拾捌石叁斗零柒合零

國朝康熙二十四年新墾田園應於二十五年起科粟陸千叁百壹拾玖石肆斗玖升貳合零

康熙二十五年新墾田園應於二十六年起科粟玖百肆拾捌石壹合

康熙二十七年新墾田園應於二十八年起科粟捌百壹拾柒石玖斗壹升壹合零

康熙二十八年新墾田園應於二十九年起科粟壹千貳拾柒石玖斗柒升叁合零

康熙二十九年新墾田園應於三十年起科粟柒百陸拾陸石貳斗壹升陸合

康熙三十年新墾田園應於三十一年起科粟伍百石陸斗壹升肆合零

康熙三十一年新墾田園應於三十二年起科粟壹千零貳拾陸石肆斗玖升陸合零

康熙三十二年報墾田園於本年起科粟壹千貳百陸拾壹石肆斗叁升貳合零

康熙三十二年新墾園應於三十三年起科粟貳百伍

拾壹石貳斗叁升叁合零

康熙三十三年新墾園應於三十四年起科粟貳拾柒石玖斗壹升貳合

康熙三十四年新墾田園應於三十五年起科粟肆拾貳石柒斗陸升

康熙三十五年新墾田園應於三十六年起科粟貳百玖拾陸石柒升捌合

康熙三十六年新墾園應於三十七年起科粟肆百拾壹石叁斗捌升肆合

康熙三十七年新墾園應於三十八年起科粟肆百拾捌石捌斗

康熙三十八年新墾田園應於三十九年起科粟柒百捌拾貳石捌斗捌升叁合零

康熙三十九年新墾田園應於四十年起科粟壹千零伍石陸升貳合零

康熙四十年新墾園應於四十一年起科粟捌百零伍石捌斗壹升陸合

康熙四十一年新墾園應於四十二年起科粟貳百肆拾柒石柒斗貳升

康熙四十二年新墾園應於四十三年起科粟伍拾伍石零捌升

康熙四十三年新墾園應於四十四年起科粟叁拾貳

石肆斗玖升陸合
康熙四十四年新墾園應於四十五年起科粟玖十玖石陸斗
康熙四十五年新墾園應於四十六年起科粟壹百壹拾玖石陸斗肆升
康熙四十六年新墾園應於四十七年起科粟壹百壹拾捌石陸斗零陸合
康熙四十七年新墾園應於四十八年起科粟柒拾玖石玖斗陸升
康熙四十八年新墾園應於四十九年起科粟壹百肆拾石肆斗

康熙四十九年新墾園應於五十年起科粟肆拾柒石叁斗貳升捌合
康熙五十一年新墾園應於五十二年起科粟肆拾陸石叁斗貳升
康熙五十二年新墾園應於五十三年起科粟貳百貳拾叁石陸斗柒升零
康熙五十三年新墾田園應於五十四年起科粟捌拾伍石玖斗柒升
康熙五十四年新墾園應於五十五年起科粟叁拾石
康熙五十五年新墾園應於五十六年起科粟貳百肆拾陸石貳斗捌升捌合

康熙五十六年新墾田園應於五十七年起科粟肆百肆拾叁石壹斗肆升貳合

康熙五十七年新墾園應於五十八年起科粟壹拾石零玖斗貳升

康熙五十八年新墾園應於五十九年起科粟陸拾捌石壹斗陸升

雍正二年報墾田園於本年起科粟伍百陸拾柒石捌斗伍升壹合零

雍正五年報墾園於七年起科粟壹百捌拾叁石叁斗捌升伍合零

雍正六年報墾園於雍正七年起科粟壹千陸百貳拾叁石壹斗柒升叁合零

又報墾園於雍正九年起科粟伍千叁百玖拾肆石叁斗貳升柒合零

雍正七年起科田徵粟壹拾叁石伍斗肆升零

又雍正七年起科田園粟伍千零捌拾玖石柒斗陸升伍合零

雍正八年報墾園應於十年起科粟壹百壹拾伍石柒斗貳升陸合零

雍正九年報墾園應於十年起科粟壹拾柒石伍斗零玖合零

乾隆六年陞科園應徵[illegible]玖石陸斗壹升零

乾隆九年[illegible]田園[illegible]百[illegible]石肆斗玖升叁合零

以上自康熙二十四年起至乾隆九年止新墾起科粟叁萬貳千零捌拾捌石柒斗伍升貳合零

連前舊額通共粟伍萬伍千伍百伍拾柒石零伍升柒合零

康熙三十七年豁免崩陷田園粟肆百貳拾伍石柒斗玖升伍合

雍正二年撥歸彰化縣舊額粟叁百叁拾陸石叁斗陸升陸合零新墾園粟伍百貳拾玖石捌斗捌升玖合零

又撥歸臺邑額粟壹拾陸石捌斗

雍正九年撥歸臺邑額粟伍千貳百肆拾貳石叁斗叁升肆合零

乾隆三年豁免坍陷田園粟柒百玖拾肆石零捌升貳合

乾隆九年豁免崩陷田園粟肆百玖拾貳石肆斗叁升肆合零

以上撥歸并豁免共粟柒千捌百叁拾柒石柒斗零

通縣合計實在田園共徵本色粟肆萬柒千柒百壹拾玖石叁斗伍升柒合零

乾隆十二年報墾下則田園起科粟叁石柒斗陸升捌合壹勺零

又下則田起科粟伍石貳斗柒升伍合肆勺

乾隆十二年報墾下則園應於乾隆十五年起科粟陸拾捌石陸斗陸升肆合肆勺零內除撥補陳林源缺額穀伍石陸斗肆升外實徵陞科粟陸拾肆石貳升肆合肆勺零

乾隆十五年報墾下則園應於乾隆二十年起科粟壹拾伍石柒斗玖升貳合捌勺零

乾隆十九年報墾園應起科粟伍百貳拾捌石捌斗陸升柒合肆勺零

乾隆二十年報墾園應起科粟柒拾貳石玖斗肆合肆勺零

以上自乾隆十二年起至二十七年止新墾田園起科

共徵粟陸百捌拾玖石陸斗叁升貳合伍勺零

連前通計共徵粟肆萬捌千肆百零捌石玖斗捌升捌合伍勺零

乾隆十八年豁免崩陷田園無徵粟叁百壹拾柒石玖斗壹升貳合

通縣合計實在田園共徵本色粟肆萬捌千零玖拾陸石叁斗柒升捌合伍勺零

彰化縣

舊額園徵粟叁百叁拾陸石叁斗陸升陸合零雍正二年諸羅縣撥歸管轄

新墾園徵粟伍百柒拾柒石捌斗捌升玖合零雍正二年諸羅縣撥歸管轄

以上撥歸新舊墾園實徵粟玖百壹拾肆石貳斗伍升伍合零

雍正六年新墾田園於七年起科粟壹萬柒千柒百伍拾石零肆斗玖升叁合零

雍正七年新墾田園於七年起科粟肆千叁百玖拾玖石肆斗肆升貳合零

雍正九年新墾田園於九年起科粟壹百石零捌升柒合零

雍正九年新墾田於乾隆元年起科粟壹拾伍石柒斗捌升捌合零

雍正十年新墾田於乾隆二年起科粟伍石玖斗柒升捌合零

雍正十一年新墾田於乾隆三年起科粟貳百捌拾柒石貳斗陸升肆合零

雍正十二年新墾田於乾隆四年起科粟貳百肆拾捌石柒斗叁升伍合零

乾隆五年陞科園徵粟捌拾柒石叁斗柒升伍合零

又陞科田徵粟陸百陸拾壹石伍斗伍升叁合零

乾隆六年陞科園徵粟叁百柒拾石壹斗陸升叁合零

乾隆八年陞科園徵粟貳百捌拾陸石捌斗肆升伍合零

乾隆九年陞科園徵粟陸百壹拾壹石柒斗叁升柒合

零

又報墾下則田園徵粟肆百叁拾陸石壹斗壹升零

以上自雍正六年起至乾隆九年止新墾田園起科粟貳萬伍千貳百陸拾壹石伍斗柒升貳合零

連前截歸新墾田園通計共徵粟貳萬陸千壹百柒拾伍石捌斗貳升柒合零

雍正九年撥歸淡防廳管轄新舊墾田園粟捌百柒拾伍石捌斗叁升零

乾隆二年豁免水沖沙壓新舊墾田園粟貳千肆百壹拾柒石伍斗陸升零

通縣合計實在田園共徵本色粟貳萬貳千捌百捌拾

貳石肆斗叁升柒合零

乾隆十五年陞科下則田徵粟捌拾柒石玖斗貳升叁合零

乾隆二十年陞科下則園徵粟伍拾壹石肆斗玖升捌合零

乾隆二十二年陞科下則田徵粟陸百壹拾捌石零伍升貳合零

又陞科下則園徵粟壹千柒百叁拾壹石貳斗捌升肆合零

乾隆二十四年陞科下則田園共徵粟貳百捌拾壹石叁斗貳升肆合零

又陞科下則田園共徵粟陸拾石壹斗柒升貳合零

又陞科下則田園共徵粟肆千零肆拾石零叁升伍合零

又陞科下則田園共徵粟壹百肆拾捌石捌斗伍升陸合零

以上自乾隆十五年起至二十四年止新墾田園起科共徵粟柒千壹拾玖石壹斗肆升肆合零

連前通計共徵粟貳萬玖千玖百零壹石伍斗捌升壹合零

乾隆十三年豁免水冲沙壓田園共減徵粟壹百肆拾壹石柒斗捌升肆合零

乾隆十八年豁免水冲沙壓下則園共減徵粟叁百叁拾陸石伍斗肆升捌合零

通縣合計實在田園共徵本色粟貳萬玖千肆百貳拾叁石貳斗肆升玖合零

又水沙連社徵糯米柒石陸斗陸升陸合零

淡水廳　舊額下則園伍拾叁甲壹分貳釐零照舊則共徵輸徵粟壹百貳拾柒石肆斗捌升玖合零雍正九年彰化縣撥歸管轄

又撥歸田園肆拾玖頃壹拾柒畝零照同安則例陞科合徵粟柒百柒拾肆石壹斗叁升伍合零

雍正十三年新墾田於本年起科粟玖拾陸石柒斗壹升伍合零

乾隆五年陞科園徵粟伍拾陸石叁斗肆合零

又陞科田徵粟伍百零叁石肆斗伍升零

乾隆九年陞科園徵粟壹千伍百柒拾玖石肆斗伍升叁合零內除二十四年劃出界外田園減徵粟伍拾壹石肆斗玖升捌合零今實徵粟壹千伍百貳拾柒石玖斗伍升伍合零

乾隆十二年陞科徵粟貳百肆拾石叁斗零捌合零

乾隆十四年陞科徵粟陸拾肆石柒斗伍升捌合零

又陞科園徵粟叁拾陸石伍斗柒升壹合零

乾隆十六年陞科徵粟壹百柒拾玖石叁斗陸升肆合零

乾隆十八年報墾於二十七年陞科徵粟陸拾叁石捌升貳合零

乾隆二十二年陞科田園徵粟壹千肆百叁拾捌石叁斗伍升陸合零內除二十四年劃出界外田園減徵粟肆百玖拾柒石叁斗捌升壹合零今實徵粟玖百肆拾石玖斗柒升伍合零

又新科充公田園徵粟壹千貳百伍拾壹石陸斗柒升柒合零內除二十四年勘詳崩陷田園減徵粟肆百叁拾石柒斗玖升捌合零今實徵粟捌百貳拾石捌斗柒升玖合零

乾隆二十四年陞科徵粟玖百伍拾叁石壹斗貳升捌合零

乾隆二十六年陞科徵粟捌拾玖石貳斗伍升柒合零

乾隆二十七年陞科徵粟貳千零貳拾石捌斗伍升捌

合零

以上合計廳屬實在田園供粟共捌千叁百陸拾柒石柒斗肆升陸合零

又原撥下則園伍拾叁甲壹分貳釐零另徵粟壹百貳拾柒石肆斗捌升玖合零

澎湖廳（雍正五年臺灣縣撥歸管轄） 舊額地種徵銀陸拾陸兩捌錢捌分捌釐零

雍正六年新報墾地種徵銀壹拾壹兩伍錢捌分陸釐零

雍正七年新墾地種徵銀肆兩柒錢陸分柒釐

乾隆二年新墾地種徵銀壹拾伍兩壹錢壹分壹釐零

乾隆九年新墾地種徵銀陸兩零肆分捌釐

乾隆九年新墾地種徵銀伍拾伍兩貳錢壹分零

通澎湖合計舊額新墾共徵銀壹百伍拾玖兩陸錢壹分

附考

臺灣田賦與中土異者三中土止有田而臺灣兼有園（有陂塘貯水者爲田旱種者爲園）中土俱納米而臺灣止納穀中土有改折而臺灣止納本色蓋自紅夷至臺就中土遺民令之耕田輸租以受種十畝之地名爲一甲分别上中下則徵粟其陂塘堤圳脩築之費耕牛農具耔種皆紅夷資給故名曰王田亦猶中土之人受田耕種而納租於

田主之義非民自世其業而按畝輸稅也及鄭氏攻取其地向之王田皆為官田耕田之人皆為官佃輸租之法一如其舊卽偽冊所謂官佃田園也鄭氏宗黨及文武偽官與士庶之有力者招佃耕墾自收其租而納課於官名曰私田卽偽冊所謂文武官田也其法亦分上中下則所用官斗較中土倉斛每斗僅八升且土性浮鬆三年後則力薄收少人多棄其舊業另耕他地故三年一丈量蠲其所棄而增其新墾以為定法其餘鎮營之兵就所駐之地自耕自給名曰營盤及歸命後官私田園悉為民業酌減舊額按則勻徵既以偽產歸之於民而復減其額以便輸將誠

聖朝寬大之恩也諸羅雜識

內地之田論畝二百四十弓為一畝六尺為一弓臺郡之田論甲每甲東西南北各二十五戈每戈長一丈二尺五寸計一甲約內地十一畝三分一釐零內地上則田一畝各縣輸法不一約徵折色自五六分至一錢一二分而止一甲為地十一畝三分零不過徵至一兩三錢零今上則徵八石八斗卽穀最賤每石三錢已至二兩六錢肆分零況又有貴於此者而民不以為病地力有餘上者無憂不足巾者絕長補短猶可借漏卮以支應若履畝勘丈便難仍舊貫矣赤嵌筆談

雍正九年定自七年開墾及自首陞科者改照同安則

例化一甲為十一畝三分零（田甲科數另載田園）計畝徵銀仍代納以粟上田每畝徵銀八分五釐三毫四絲（以銀三錢六分折粟一石）米六合九抄五撮（一米納二粟）合計每甲輸粟二石七斗四升有奇中則每畝徵銀六分五釐八毫八絲四忽米三合八抄七撮合計每甲輸粟二石八升有奇下田每畝徵銀五分七釐五毫五絲（不徵秋米）合計每甲輸粟一石七斗五升有奇上園照中田中園照下田下園每畝徵銀五分六釐一毫八絲合計每甲輸粟一石七斗一升有奇照下田少差新則較輕舊則不啻數倍統計歲徵正供額粟一十六萬九千二百六十六石九斗九升零（例係十月開徵）每粟一石徵耗粟一斗折納銀五分其正供額

粟支給全臺十五營兵米四萬四千八百五十一石八斗折粟八萬九千七百三十石六斗又例運福興漳泉四府平糶額粟并兵眷金廈兵米一十六萬六千五百石又例運督標兵米折粟一萬五千五百七十石計臺郡徵收粟數不敷起運每年將運糶四府粟價發臺分給四縣糴補足額其耗粟所折之銀與人丁餉稅官莊各耗羨暨併封戥頭皆解充各衙門養廉及津貼船工公費以上六項銀粟惟綜核現在之數併統計兩廳四縣之額或多或寡各屬之因地制宜有定規焉（臺灣志畧）

撥運督標兵米

臺灣縣年撥運粟五千一百九十石

鳳山縣年撥運粟五千一百九十石

諸羅縣年撥運粟五千一百九十石

以上共運督標兵米粟一萬五千五百七十石每石原給脚費銀一錢二分八釐後核減一分二釐

撥運金廈兵米乾隆二十八年查照原額

臺灣縣年運粟七千九百八十四石三斗二升乾隆二十八年查照原額

鳳山縣年運粟七千九百八十四石三斗二升

諸羅縣年運粟七千九百八十四石三斗二升乾隆二十八年查現運八千一百八十五石五斗六升

彰化縣年運粟　千　百　十　石　斗　升

以上共運金廈兵米粟　萬　千　百　十　石　斗　升每石給海船脚費八分其鳳諸彰三邑南北各港運粟至郡城每石給小船戸脚費三分於大船脚費八分內扣給小船一分三釐三毫又於存縣採買盈餘內給一分六釐六毫零

撥運內地各營兵米

臺灣縣年運閩安雲霄等營粟二千九百八十石一斗五升六合

鳳山縣年運烽火南澳等營粟　千　百　十　石　斗　升

諸羅縣年運閩安銅山等營粟四千七百九十三石九斗六升

彰化縣年運烽火漳鎮等營粟　千　百　十　石　斗　升

以上共運各營兵米粟　萬　千　百　十　石　斗　升支給脚費與金廈兵米同

撥運班兵眷米

臺灣縣年運粟四千九百零九石八升乾隆二十八年查現運四千三百八十一石

鳳山縣年運粟六千一百五十三石一斗一升乾隆二十八年查現運一千四百四十五石六斗

諸羅縣年運粟七千七百八十三石九斗一升乾隆二十八年查現運一萬一千三百二十三石一斗三升八合

彰化縣年運粟三千四百一十三石九斗乾隆二十八年查現運五千九百二十八石八斗八升

以上共運班兵眷米粟二萬三千七十八石六斗一升八合脚費與運金廈兵米同

撥運福與泉漳四府平糶米

原額

臺灣縣原運粟二萬四千三百八十六石六斗七升零後改運一萬四千一百零六石二升零今停

鳳山縣原運粟三萬二千一百三十四石二斗一升零後改運一萬八千七百零六石五斗一升零今停

諸羅縣原運粟四萬一千五百二十八石五斗五升零後改運二萬四千二百四十二石零五今停

彰化縣原運粟二萬二千二百三十七石六斗後改運一萬三千二百三十二石四斗四升零今停

以上四縣原運四府平糶粟一十二萬二百八十七石零嗣於乾隆六年奏准改運七萬二百八十七石零每石原發價銀四錢乾隆九年奏准每石加增銀五分乾隆二十年俱停

又澎湖廳原支給兵米九百石乾隆二十四年奉文改米易穀年撥運粟一千八百石每石給海船脚費銀　分零六毫五絲

續脩臺灣府志卷之四終